美麗的糾纏

書瑀 *Tiffany* ◎著

作者簡介

書瑀 Tiffany

畢業於逢甲大學EMBA一〇五文創，美學主義者、致力於身心健康、靈性成長的女性實踐者。愛好旅行、大自然、音樂、藝術、生態、人文教育、人類意識成長、兩性關係探……討等等。

成長於台灣中部，一直對於美學的追求充滿強烈熱情與堅持。於西元二〇〇〇年時創立台灣醫療美容事業體，目前為台灣許多知名皮膚科的授權經營管理顧問公司。她希望將美麗延伸帶給許多人，因為美是一種生活哲學、是一種生活態度，它是藝術、它是詩的音符與樂章。

二〇一七年，她升起了內在一股熟悉不陌生的記憶，她碰觸內心那塊曾經迷失的地圖，於是，她開始追逐自己的內心路徑，將所有豐富的情感表達於詩的情境中；在寫詩的時間線上，她感受天空的陰晴圓缺、大地山川的呢喃、湛藍海水的奔放，她也感受人們心中的無奈心酸但又能超脫人性的欄杆。

她試圖在圖像的畫面中，進入了自己的幻想花園，坐在花園的寶殿上，再一次看到自己對大地、人、事、物都有一分細膩真摯的恆長情感；這彷彿是宇宙對她的細細溫柔回應。這一切都來自那內在深處升起之愛，在人間何嘗不是一種美麗的糾纏?!

攝影影音師簡歷

曾宏銘 Frank

喜愛拍攝大自然景色、擅長攝影、影片剪輯

Youtube：tontunfrank

005 攝影影音師簡歷

推薦序

年輕的時候也曾經覺得自己是「文青」，投稿、編刊物，享受那字裡行間的掙扎與喜悅。許多不經意的文稿，寫了就寫了，隨風而逝。也正因如此，對那些肯用心文字，一篇篇留下心路的作者都十分佩服。其他人的評語及眼光其實並不那麼重要。那是一種自我的完成與分享。

書瑀在逢甲大學EMBA修過我的課，談的是歷史、講的是政治經濟，作為一個老師，與她的文學造詣無關。只是記憶中，她上課的神情總是有分莫名的沉靜，也許那就是詩意吧！

逢甲大學董事長

推薦序

我是學系統工程，所見所聞皆以科學角度解釋，浪漫似乎不在我的字典裡，但讀了《美麗的糾纏》，字裡行間透露出的情愫，讓人不浪漫也不行。書瑀是逢甲大學EMBA一〇五文創班畢業的，這是她的第一本詩集，收錄了五十餘首的新詩，內容看似都與愛情相關，但詩中用的「你」、「他」，其實可以有無限想像空間，如同席慕蓉的詩，「如何讓你遇見我，在我最美麗的時刻，為這，我已在佛前，求了五百年……」，句中的「你」是？各有不同見解。書名命為《美麗的糾纏》，恰如其分，書瑀就如同書名，與美麗糾纏在一起，這雖是第一次創作，但仍可見到書瑀豐沛的情感，信手拈來都是美麗。

林建智

這本詩集是在一次偶然的碰撞產生的，這次碰撞也觸動了她更多的靈感，寫一首詩容易，但寫五十首詩，而且每一首都有應有的情境，便不簡單。寫詩不同於寫文章，需要對文字有感情，才能讓詩句展現應有的狀態，在這本詩集中，也展現了書瑀豐富的觀察與對文字的細膩。這本詩集不僅展現書瑀創作的能力，更鼓舞了大家參與創作，非專業詩人，也能寫出專業詩句！

逢甲大學ＥＭＢＡ學院院長

推薦序

人間與神間的詩意
性靈宇宙間，尋，生命的真諦
與天地同在的禪
捨我入世般的瑀

美麗的揪心，人性的矛盾，衝擊著那脆弱而又強韌的靈性，俯仰天地間生命的的恆河從不訴說，人們總是想望著那一瞬的永恆，因為前世今生的印記撲朔迷離，而書瑀的創作試圖將我們帶往另一個境界。

那糾纏有如禪繞畫般不斷地迴旋著，時而溫柔婉約，時而熱情奔放，時而絮語呢喃，時而鏗鏘有力，在美麗境界與危險心靈之間擺盪著。

彷彿，宇宙萬物間傳遞的信息都能被她感應，幻化成翩翩詩句，縈繞著每個渴望的心靈深處。

美麗對書瑀的形容不足以表達那萬分之一，她是集結了知性、感性、才華的女企業家，在我們同窗的那些日子裡，她那優雅又機智過人的印象，就像是穿梭在天地間的精靈，帶給我們那寓意深遠又狀似樸實無華的詩句，著實令人驚艷，讓我們一同印記這值得紀念的一刻。

逢甲大學EMBA一〇五文創同班同學聯合推薦

逢甲大學 EMBA 第十三屆聯誼會理事長／粘為鈞

前寶麗金唱片公司 董事長／黃何文

台中犁記行銷總監／洪郁晴

佐登妮絲 台灣區總經理／賴秀惠

王宏檳建築師事務所／王宏檳

台灣寶樂／林旭紳

益達醫療儀器／張凱嫊

三能國際企業／簡鳳瑩

鹿港工具實業／洪怡雯
飯友國際／洪培真
明清有機茶園／陳明清
恆榮交通器材／陳純真
華府旅遊集團／賴綺瑄
娓娓商行／陳慧娟
欣泉光印／施利宜
瑞山銀樓／林玉燕

作者序

凝心　止聽　歸心

我在　不在　都在

追尋的起點

記憶中的成長過程，我總是喜歡幻想、偶爾做做白日夢，甚至常常自己沉浸在無限的幻想空間裡，彷彿進入自己的遊樂場般自得其樂，沉醉其中。

在人生中的某一年，我開始思索起生命，這麼嚴肅奧祕的議題讓我百思不解，我常常覺得我是思想不太平常的人，甚至人群中我常常聆聽別人的話語，但感覺自己像真空似的，似乎人在又不在。這樣的經驗讓我開始自問自己的來處。

為何我會在這裡？這是哪裡？如果當有一天我離開了這個軀體，我又會去哪裡？一連串的生命議題開始迴繞在我的人生中。自此之後，這個疑問常常出現在我的現實，像個魅影般如影隨形，讓我非常懊惱與著急，因為它是生命的第一個問號，因此我必須正視，無法迴避，於是，就這樣踏上了自我追尋的道路。

走在鋼索上的歷程

這期間，我修習了十幾年的靜心，探索了許多心靈活動與課程，之後分別去了印度、墨西哥、美國，來來回回，就這樣經歷了大約將近二十年的內在追尋之路。這一路走來，只為了想探索生命，了解那生命的存在對我個人的意義。然而，在自我追尋的路上，我逐漸意識到它根本沒有捷徑，它是探險、挑戰、信任、勇氣、戰士的一條道路。它就像撥洋蔥的方式，不得不讓我轉身望向內在；於是，我開始學習對生命的謙卑與臣服。

相遇的時刻

二〇一七年的某個夜晚，那深夜的呢喃，彷彿刻劃在靈魂深處那樣低沉呼喚，那像迷霧般遙遠又略帶熟悉的記憶碎片，我始終停不了那指尖的衝動，那指尖似乎跟隨著我的靈魂進入了屬於它們的合奏；那一刻，彷彿喚起了千年沉睡的心靈，從此甦醒。我驚訝自己竟是如此豐富深情，時而洶湧澎拜、時而婉約柔情、時而悲天憫人、時而喜悅歡沁，彷彿在多維度的時空相遇另一個自己。

關於詩

我常仰望天空、黑夜星辰、山川河流、花朵樹梢，大自然總是給我最美麗的回應。它是我創作詩最好的音符，它可以為我的詩增添翅膀，如那漆黑的夜空增添了星光。

我愛上寫詩，是因為詩有如音樂般的語言，它可以沒有邊界地描繪出心靈深處的感受、思想、情感，而且用簡短的語言寄託於巧妙的文字中，傾洩而出，可以揮灑心靈的奔放取代語言的侷限。它有時也可能是跟自我的心靈對話，就像兩個愛人在千年的剎那點相會，產生了火光，從此大地燃燒、草木生長、鳥兒飛翔、蝴蝶奔放。

我們來談談愛情

關於愛情這個話題，我一向認為很微妙，它是人間難題，但卻又讓人既期待又怕受傷害。愛情總是讓人遐想迷惘，它是美麗與危險心靈的一個界線，它足以讓人為愛墜落不留遺憾，也可以讓人狂喜昇華，將人性帶到天堂。

在詩的創作中，我驚覺發現，人生中多了愛情的滋養浪漫，會讓人柔軟如沐春風，如同草木需要陽光。在現實的生活中，我相信每個人都渴望一分真愛的念想，那分真情摯愛的陪伴是心靈很大的救贖與依靠，依著那真誠無敵的依靠力量，靈魂彷彿得到了深處的療癒。所以生命中如果能與你的真愛相遇，那一定是上天賜與的美意與祝福。

當沉浸在愛情的情湯、埋沒在愛情的塵土中，似乎時間可以永恆地暫停，呼吸都可以忘記。我常思考愛的真諦與愛的終極意義，常常聽到塵世間戀愛的人為愛所苦、為愛所困、為愛潦倒、為愛癡狂、為愛幸福歡笑。確實，愛的能量爆發可以是火山，也可以是冰河；可以是天使，也可以是魔鬼。它的能量等質如同新星系的誕生那樣神聖壯觀、也如同一場煙火盛宴般絢麗燦爛。然而，我們理解的愛情，似乎都少了一分態度與真誠，時代變革也讓我們對愛情失去了堅真與勇氣。世間很多人對愛有一種理解，認為愛一定是肉體的連結，是男女之間付出對待的一種交換，這似乎有點膚淺地來詮釋「愛」。

愛是一種深層心靈能量的流動，它是神聖崇高的一種宇宙能量；它是幻化形成這物質世界所有的一切，這源頭都來自那愛的能量；因為我們都來自宇宙那分愛而孕育了生命，生命如此可貴，有如真愛如此相隨。

獻給所有的戀人

相遇沒有起點　也沒有終點

我們只是在時空的軌道上　遇見

那剎那
是你對我的永恆微笑

如果真有來世
那麼
我就再許一個相識
讓我們生生世世

美麗的糾纏

目錄 CONTENT

我心已足矣

在充滿荊棘的樹藤裡
在那壯麗的山河
驚濤大浪的無情風暴裡
我昂首佇立風中
那閃電雷雨交織的怒吼中
每個雷聲都帶著無情的嘆息
我顫抖著　完全失去氣力
於是我開始搖擺身軀

025 我心已足矣

呼吸　輕柔地吹了一口氣
這氣息有我這一生的所有錄影
我把自己交了出去
於是　我進入了無限　無極
帶著微笑灑下了滿滿淚滴
幻化為一顆顆流星雨

這一刻
我感動天地之愛浩瀚無垠
我還能求什麼

愛你 豈可言語
因為
我心已足矣

上上籤

相思的滋味如苦茶
但 卻也帶點淡雅清香
我僅僅守住那芬芳 不願放

因為苦中有你我的相遇
那苦裡轉化的甜蜜
是我這世在佛前苦苦求來的追尋

029 上上籤

佛不忍看我這般女子
這樣的堅貞傲氣
於是賜我那上上籤
籤中有你

從此
我開始坐等那彩虹般的降臨
啊　佛啊佛
過去我不曾信你
如今
我默默虔誠尊敬

為勝利而戰

這一年很黑暗
我站上世界最高的脊樑
向天吶喊
撕裂的吼聲隱藏著微微的希望
我期盼懂得黎明與雷雨之夜意義的力量
我想要理解一切並且無畏無懼
為今生打一場美麗的勝仗
成為勇往直前的戰士

直到最後在無言的領悟中安靜的結束
如風　如雨　如電　化為美麗的永恆
慢慢的消失在雲端

033　為勝利而戰

有夢

我仍然有夢
就在那彩虹出現過後的夜空
夜空有你走過的柔情萬種
你總是在我心中最重
留下那片片的思愁

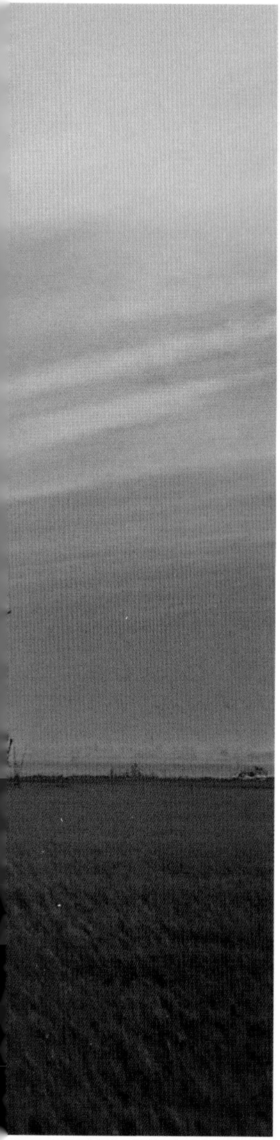

035　有夢

追尋

要怎樣才能止住淚水
它仍下個不停
彷彿訴說著長長世紀
那宏偉底下的壯麗
淚水洗淨人間縷縷足跡
抹去那層層歷史封印
瞬間
我掉入了神祕之地

那裡好美　好美
那是北極星之外
這輩子不曾去過的祕境
那裡記載著所有銀河記憶
這樣的感動瞬時哽住呼吸
許久無法言語

我黯然跪下
虔誠祭天敬地　敬生命

敬我這一世來這星球的追尋

寂靜歡喜

我用餘生的願力　向天呼求
跨越時空　橫渡海洋　只為尋你
淚水成河　滴入了廣大的海洋
海洋哭了　幻化成朵朵蓮花
一絲絲的氣息 送進了浩瀚的星空
星空笑了　灑落了滿滿流星雨
我頓時發現
原來我不曾擁有什麼

也未曾失去任何
因為
我本是來自空無

在寂靜中遇見未知的自己
在無數個寂靜夜裡魂縈夢繫
於是　我笑哭著擁抱人生
覺醒　發現
到此一遊　何必當真

等待

我讓思念串成了風箏
彷彿掙脫了思念的塵埃
飄向遠方的海
我愛憐自己
於是剪碎了無奈
靜靜地　待你歸來

045　等待

瞥見

我們似乎都曾經在深層的允諾中
不約而同來到了這裡
經歷了滾滾紅塵
踏遍了原野山欉
我們流汗
我們曾經心寒
但我們也見過陽光與溫暖

我們看清了某些真相
但內心卻明白自己堅持的方向
如那蓮花出淤泥而不染

在那剎那
我瞥見你內心深層的善良
你的正直　你的坦率
這世界需要你這分力量
因著你的光芒輻射四方

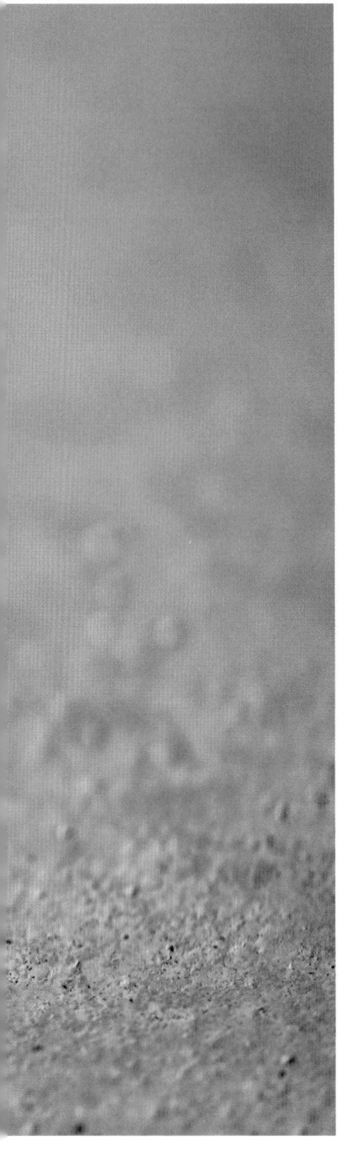

我相信你一定是那上天派來的使者
給出世界真理的美德
讓人們追尋你　榮耀你
因著你　而不迷惘

049 瞥見

忘情水

假如這一世沒能讓我在最後一站遇見你
那麼
我的人生肯定註定孤寂
是什麼讓曙光產生奇蹟
是什麼
是我那真誠椎心的呼喊
撼動了星光　山川與天地

是我那過去世
寧死也不願飲那忘情水
為的是守住永生靈魂的記憶
好讓我對你熟悉

喔　我的摯愛
我沒什麼可以給你
我只能給你我的全部
我的一生
我的一切
我的心

053　忘情水

相思

世間什麼最苦
如果你問我
我會說　是等待

世間什麼最痛
如果你再問我
我會說
你在那裡　我在這裡

055 相思

世間什麼最愁
你繼續問我
我只好說
明知愛你卻開不了口

世間相思愁更愁
它足以讓我墜落

承諾

你沒有什麼給我
只留下那微風般的話語
我僅僅只能守住那文字
反反覆覆　復復返返
品嚐那唯一僅有的溫暖

我不貪心卻也貪求
我要的不多

059　承諾

我不要你奔波
我不要你獨自在夜裡的車中　進入夢
我要你依然是你
我要你成功
我要你自由

心意

這一刻　無聲寂靜
山腳邊　樹叢裡
到處尋不到你的聲息
我慌了　急了　你到底去了哪裡
你怎可如此狠心
放我獨自孤獨飄零
於是
我背著行囊開始走走停停

行旅中　依然想你
我決定把你的名掛在箏兒上隨風而去
讓風兒帶走我的萬般思念
轉述給你

我知道你在那方不曾離去
但　我該如何
讓你明白我的心意

063 心意

預兆

原來昨日的心煩不安
是因為今日預兆的來臨
我突然掉落了深淵般
瞬間一片漆黑死寂
這種感覺再次讓我無能為力

山上
今天無風無雨卻滿山烏雲
像極了我的表情

065 預兆

坐在大地的石上
瞬間得到了另一種安心
它彷彿代替你對我說著
寶貝
一切一切有我　別擔心

於是我哭了　淚灑山林

那一刻好想躺在那美麗的山上
在大自然的擁抱裡睡去
一覺不醒

淺淺的笑容

我絕不留你獨自累壞心煩
就算有
肯定是我為你承擔
我不求你承諾一切
事事幻變哪能說永遠
我不要你為了追逐夢想
夜夜孤枕難眠
啊 心疼你

如果生命能交換
我願我能成就一切

你問我要什麼
我只要你那淺淺的笑容

069 淺淺的笑容

藥方

如果我能　如果我能
我願成為上天的僕人
日日為祂作詩
我願不擇手段
偷走老天的藥方
這藥方是世間最美的處方
我要讓你飲下
悠悠然然宛如置身天堂

071 藥方

幸還是不幸

世間女子肯定剩下我
這般雲淡風輕
內心卻熱情激昂

是幸　還是不幸
我想　只有我知悉

073　幸還是不幸

如果我能

一樣的天空
不一樣的時空
想著你在那頭奔波
我能做什麼
如果我能
我定陪伴你
照顧你左右
不讓你獨自留守商場中

我能感受你的累
但為了燦爛的未來
忍忍　再走走
一定會遇見美麗的雙道彩虹

077 如果我能

這般姑娘

她每天看著日出
望著夕陽
細數風帆
深怕一天天老了　髮白了
穿不了美麗的衣裳
額眉充滿點點滄桑
她每天織布著屬於他倆的歌　寄予天堂
她還與雷雨　暴風做了無言的交換

勇敢　堅信　忠貞的誓言撼動了天堂
驚動了眾神來探望
是誰　是誰
原來
這世間還有如此這般姑娘

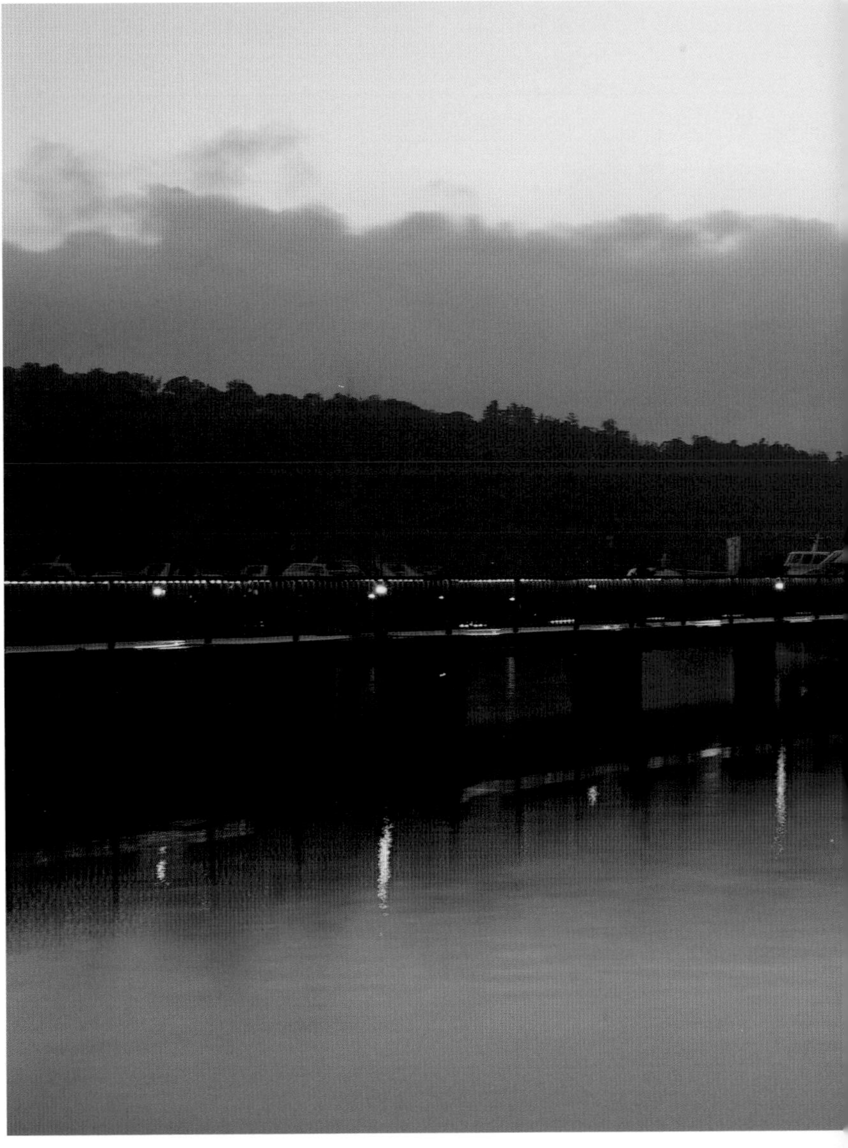

許夢

我想許一個夢給你
夢裡遍地彩虹
我想掛上滿天空的藍網
為你捕捉所有的夢想

我想向天請求
讓你無時無刻滿臉笑容
那笑容不為我

是為所有愛你的人回眸
你的回眸肯定風雨撼動
天神　地神都讚揚
如果眾神問我　你是誰
我不告訴祂
因為我怕祂嫉妒你
奪走你的權杖
於是
我把你夢裡藏
從此你的名不在天上
它在

遍野故鄉　草原上
人們的耳際四處迴盪
人們因你而不再難過悲傷

085 許夢

莫回頭

如果有一天愛走到盡頭
我們在深情的眼中無言交流
含淚默默

淚中有你　你中有我
但卻擦肩而過
這時
千萬莫回頭

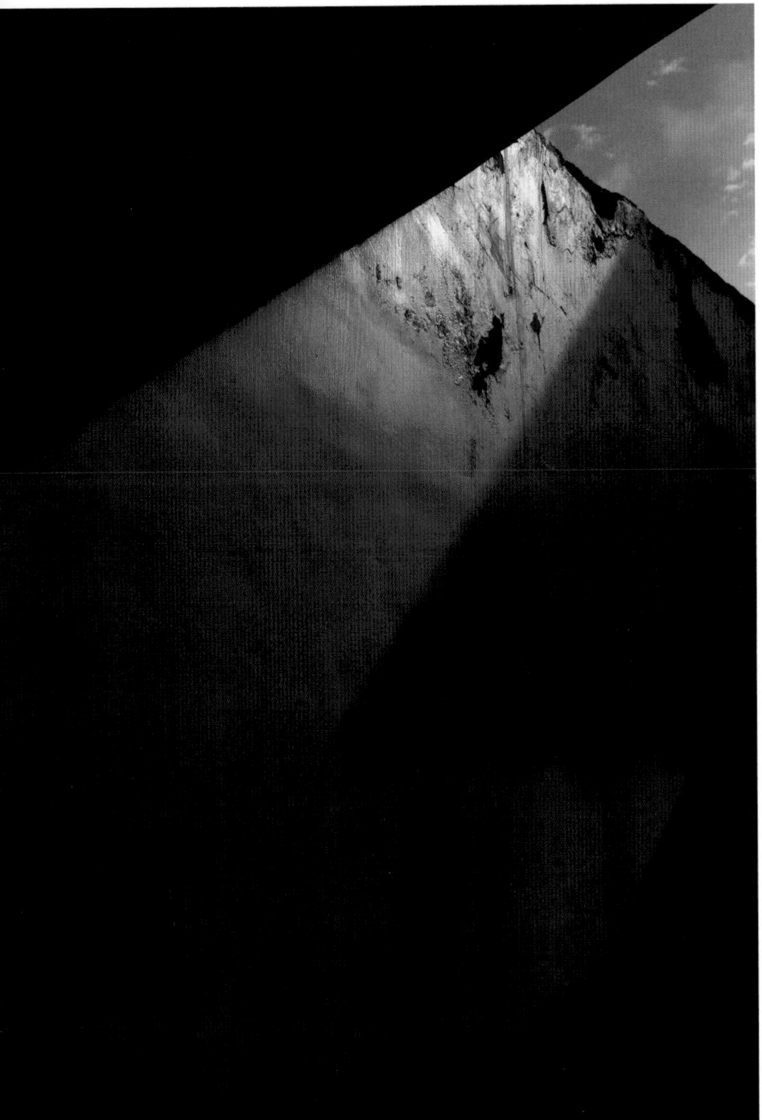

我會讓我的淚
讓風帶走

完美

感受窗外濛濛細雨
感受匆忙歲月無奈的心
我總是喜歡輕輕搖擺哼著歌曲
讓歌曲飛揚進入我的心
甩開一切憂慮

089 完美

如果世間有煩惱
必定我最庸人自擾
如果世間有完美
肯定我絕非完美

但為了我心愛的人
我願意努力成為那完美

091 完美

風鈴

如果我能譜曲
我一定讓我的詩詞創作成曲
曲中有我
詞中有你
它絕對是世間最感人的天音

我好想獨自飛行
飛至那遙遠的加德滿都

讓風鈴陪伴我
輕輕睡去
待我醒來時
城裡都是你為我繫上的名

愛情信仰

總是害怕愛情
在愛情裡沒了自我
堅貞是我對愛情的信仰
勇敢是我的靠山
若世間真有忘情水
我願飲醉

忘掉愛人　忘掉過往
像個傻子般
從此不再為情傷　為愛期盼

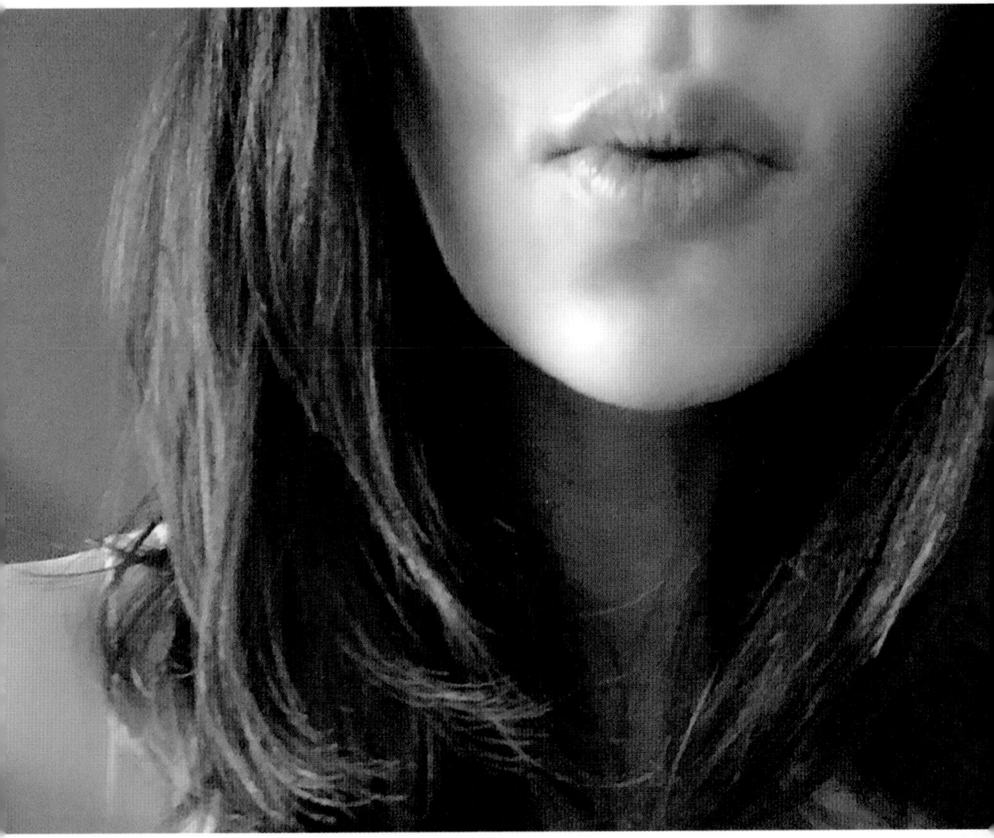

海的心房

愛在這首曼妙的樂曲裡
我選擇閉上雙眼
進入海的心房
逐漸的
視線漸漸模糊了一切
是淚　還是喜悅　還是一種未知
這一刻時空重疊
我飄去了那裡

喔　親愛的
你如果問我有多愛你
那已不是言語
因為沒有任何形容語句
來代表這深情底下的款款之愛
只有串串落下的淚珠它知道
因為每朵淚珠都有
它的允諾　它的去處　它的故事
我願用我這剩下的殘殘餘生
每日　每夜　每時　每刻　每秒
來為你祈禱

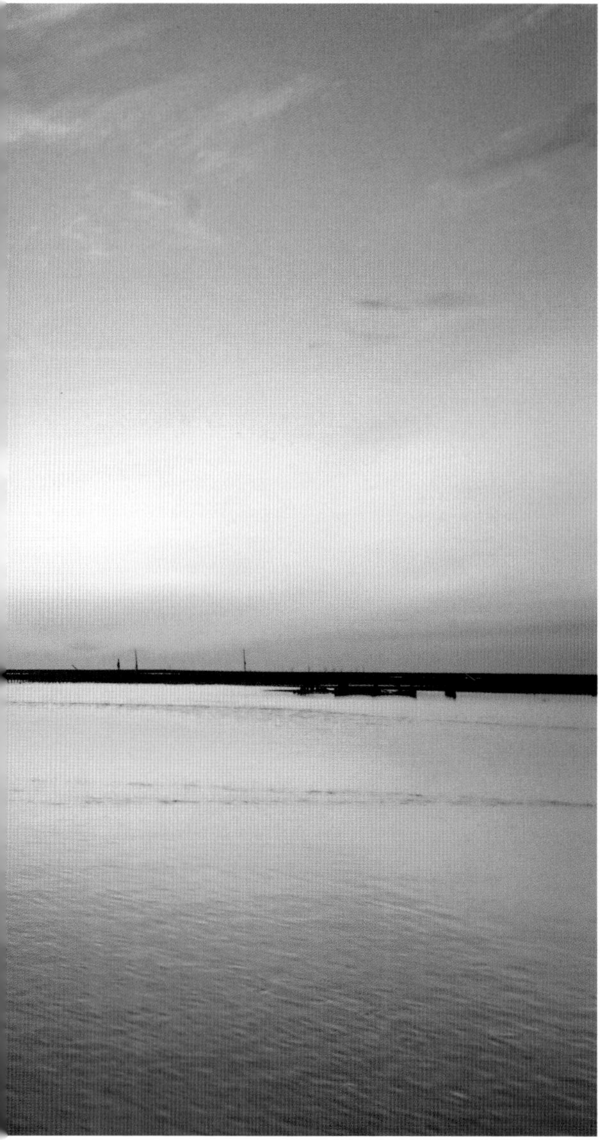

祈禱每日曙光的開始
黎明的結束
你將擁有所有世間一切的美好

白色桔梗花

如果有一天我走了
答應我不能哭
要歡笑　要跳舞
你可以送我白色桔梗花
那是我的最愛
讓桔梗與我相伴
進入那藍藍深海
飄向永恆天際
消失在你的視線裡

但別忘了輕輕說一句
我愛你

期盼

望進你深情的眼裡
如春天般快樂芬芳
彷彿置身藍藍海洋
你那令人醉心的笑容
我不敢看
因為我怕從此陷入迷惘

105 期盼

不知曾經何時
你開啟了那道門　那扇窗
邀請我與你舞蹈生命的樂章

你竟是我那對著無數星空
無數的寂寞暗夜
日復一日的等待
我終於明白　你的到來
原來是我這一生
唯一來此的　期盼

美麗與哀愁

長江幾萬里
河水終將逝去
留下場景殘影
但始終帶不走的
竟是那亙古恆長淒美愛情
長眠棲息
留下了美麗與哀愁
我願美麗留給你
那哀愁我飲盡

成塵 成灰

我喜歡寫詩
因為可以道盡無限相思
柔情似水　波濤洶湧
盡在其中
一篇篇的詩句
為這世紀留下雋永
我願是那滿山的一朵小花

只為你綻放
默默的 靜靜的
羞澀不張揚
待你歸來時
或許我已逝去那昨日的嬌顏
但
拭不去的是你那深情款款的一眼
為了那一眼
我願意為你成塵 成灰

依靠

你像極了我無形的依靠
即使隔著廣大的海洋
也隱藏不了你那深邃的心意
我見你幽默逗我笑　為了我
心裡暗藏歡喜
笑你的可愛
感動你的用心
就這樣
迷上了你的神奇

115 依靠

心有所歸依

我想帶著美麗心情出走
這種情懷最近才有
我歡喜這一切的到來
竟是我魂縈夢繫的乞求
原來我有如那灰姑娘
等待那午夜的鐘聲響起

撞見了你
從此
心有所歸依

捨不得

捨得與不捨一念之間
捨不得的是一股心酸懷念
為了選擇迎接前程
只好默默閉上雙眼
算了
永遠別紀念這一天

121 捨不得

非凡

你總是如此陽光
如此燦爛
讓人眼睛為之一亮
你那可愛的單純裡
沒有灰色地帶
只有黑與白

著實讓人欣賞
就這樣無法自拔的
愛上了你的真誠與非凡

約定

我跟上帝做了萬年約定
我願
體驗人間肝腸寸斷
片體鱗傷
也不說遺憾
我選擇漂流在陰森海岸
拾荒
撿起了碎片夢想

殘影伴隨空洞與哀傷
唉 這麼苦
又何必如此
於是我問上蒼
何時可以消失這場人間戲碼
放逐我吧
我願再次與你約定商量
但 我該拿什麼來交換

129 約定

隱形之手

我要當你背後那隱形之手
撐住你所有
見你成功我會展露笑容
我想爬上那高高枝頭
路上顛簸為你移走

如果人們問我是誰
我會說
你猜不透　也看不懂
因為我臣服在我愛人膝下
為他默默而做無任何怨尤

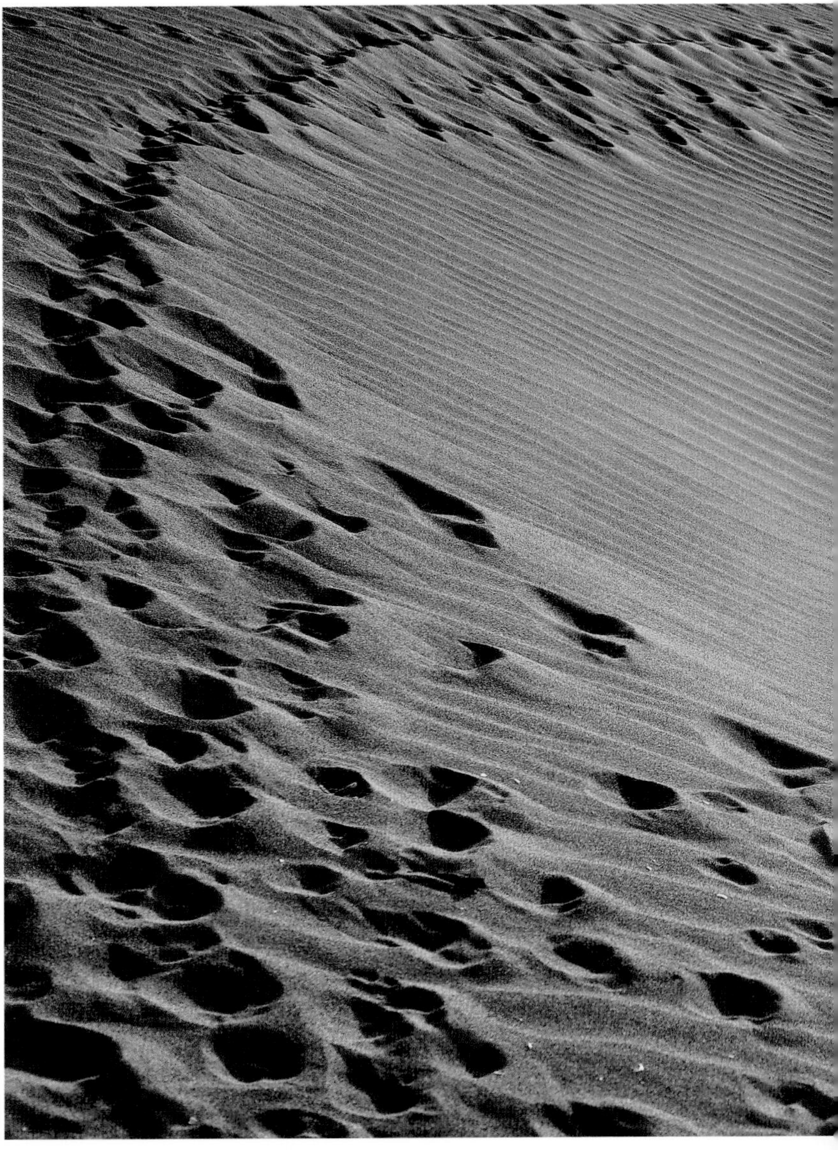

夜黑

清晨開窗
望著天空的藍
突然一陣沁涼
喝著茶
茶香中竟浮出你那微笑的臉龐
我趕緊抓住那模糊影像
不願放

昨夜不好睡
我進入那夜裡的黑
我怕黑帶走你
醒來這一切盡成灰
我該怎麼辦
於是
我繫上了風鈴
讓我睡

為真理出征

我為自由而戰
為真理而活
我不是這世界的奴役者
我是追求自由的光

人們愛我的捉模不定
因為　我是那風
不願隨波逐流

我總是有航向真理的路徑
因為我選擇非凡
我一生都為真理與自由出征
奔馳在黃土飛揚的沙漠上
汗水　淚水交織而落
為了踏上屬於我的美麗旅程
只為尋找我那曾經遺忘的過往

今晚就讓我舉起正義的火炬
讓火焰燃燒那歷史的斑痕
凝視神　凝視神

我迷惘進入無限廣大的空無中
尋找那億萬年失去的零點
只為再次得到神的擁抱
啊　是的
就讓我為生命乾杯
敬所是的生命
來自那不朽的永恆

航程

我讓思念
化做千萬朵的玫瑰
飄洋過海送給你
那芬芳永遠只為你
今夜你要來我夢中
還是我去找你
我再也不願忍受
只能夢裡與你相遇

我曾經擁抱遺憾
因為害怕前進
如今 我豁了出去
不管 不管 我要撒野
我想告訴你
你在我的航程裡
我在你的故事裡

默默

這段日子對我如那萬年之長
像熬了一碗苦湯
苦裡滿滿的淚
滿滿的傷
湯中有你我那昔日的歡笑
我拾起那僅存的畫面
慢慢思量　品嚐
它就像我行走在沙漠中帶給我唯一甘露

讓我生存勇氣的食糧

我默默　默默

望著你　思念著你

亙古綿長　來日方長

詩的愛人

這輩子你是我詩的靈感
是我心中的湧泉
我不奢求你依戀我
只求你做我創作詩的愛人
沒了你　沒詩
靈魂隨波逐流
愛情如流星款款墜落
曇花一現　我還能抓什麼

於是　我開始孤獨漂流
這一刻淚灑
再也無法防守
莫管我
就讓我的淚在風中被帶走

珍惜

也許一轉身　我倆已白頭
珍惜這分感動　永存心中
何謂愛　珍貴不在溫存
而在心靈相知　相守
連天都會為之震動

你若願意牽起我的手
我將不顧一切飛奔來你懷中
若你不願意
那麼　我將浪跡天涯直至白頭

歲月

在時光中
在悄悄的歲月裡
花落知多少

看著年少輕狂
看著落雨花紅
何處不是我曾經留下的縷縷足跡

我好不容易走到了這裡
望著片片夕陽
看著遠處風帆
時間的流
不會為我停留
但留下的是
那生命帶給我的美麗畫布

如果你再問我一次
對人生是否好奇
我會說

愛在這樣的存在裡
擠出的一點小確幸

一切因為有你

我因愛著你
而讓我感到活生生的存在感
謝謝你讓我享受有你畫面的幻想
這一刻我感到幸福洋溢
你激起了我生命的浪花
讓我再度看到極光奔放
就像那種子般

四處飛揚為這世界帶來芬芳
燃起了無限希望

一切因為有你

時間藥方

兩點五十八分彷彿鬧鐘響起
睡也睡不去
長長的夜幾乎快窒息
我突然感受前夜三點的你
在這樣深深的寂靜夜裡
仍然奮鬥打拼
有時不明白為何人生要如此艱鉅
那種心酸不捨比刀割還痛心

如果能讓你飲下一種藥方
它叫　時間
那麼我要你即刻贏得一切
站上世界的頂端榮耀光芒

燭光

有一種愛跨越時空
深藏心中
它像小雨
不帶給你疼痛
反而沁涼心房
有一種心意
即使天地冰霜

它仍像燭光
不燒著卻見溫暖
我願我是那分愛
我是那燭光
小小的　輕輕的
溫暖你
有一天
你會想起
那從不褪去
不曾離開的允諾

竟是我
我永遠在那頭
默默的守候

我願

我願我是你的海洋
替你沉澱過往
我願我是那大樹
讓你歇息乘涼
我願我是那帆船
帶你漂泊遊蕩
我願我是那風
帶你自由翺翔

我要帶你看盡美麗山川
從此與星辰為伴
這星辰是你的所有夢想
將為你朵朵綻放

孟婆湯

想著你的夜
是如何單獨度過
我不忍見你一人獨自享受
如果你願意
我願意與你靈魂交換
讓我飲盡孤獨的孟婆湯
待我這世醒來時

就算我倆擦身而過
再也不認得對方
對你 是好
對我 也沒什麼不好

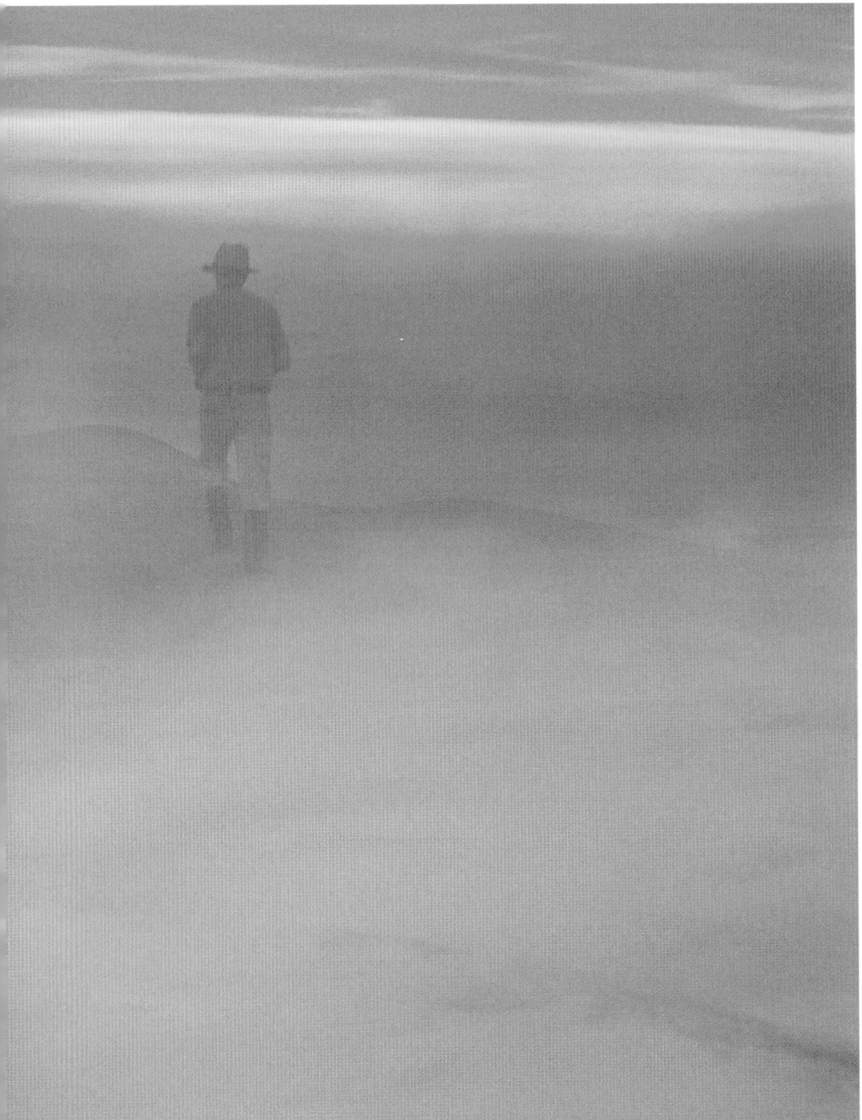

仰望

如果沒了你
詩沒了畫面
如那大地瞬間起了荒漠
樹葉枯了黃
如那天地瞬間成了暗
不見日光

你是帶我穿過柳樹的風　越過欄杆

你的臨在是我療癒平靜的天堂
你的嫉惡如仇是蓮花的千萬片花瓣

你的存在是天上雲層的水滴
謙卑溫柔的滲入大地河川
你為了那靈魂的純粹
憤怒的讓岩石粉碎成了沙

我看到你內在的太陽
閃爍光芒
讓我崇敬　謙卑　仰望

自問

何處生悲
感受不到愛的終極意義時

何處生哀
感覺不到存在的真理時

何處生憐
感受人們在忙碌中迷失了自己

何處生苦
人們在關係中失去了自由與信任時

何處生淚
人們在大自然的美中看不到美

何處生怒
覺察不到自己的慣性模式時

何處生樂
當自己開始享受單獨卻不寂寞時

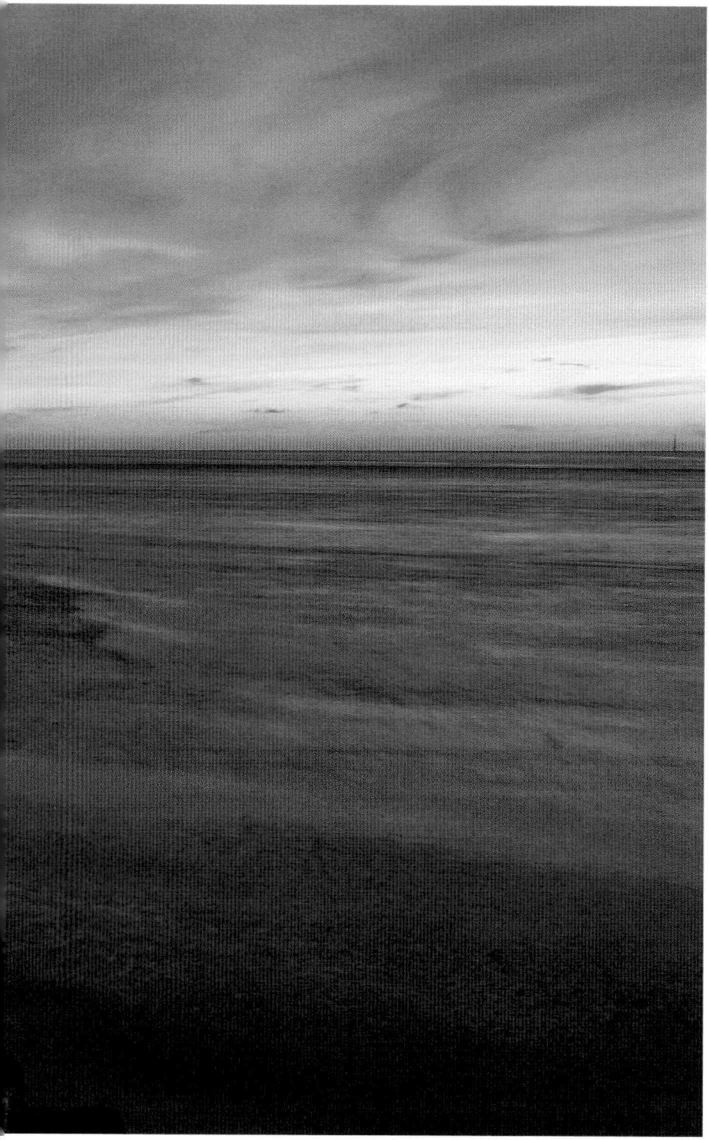

何處生喜
看到人們心中處處閃亮著愛時

187 自問

挑戰

我來到無人海岸　流浪
安靜　默默
沉澱過往
再一次收拾慣性模式的微塵
看著它　挑戰

唉　何德何能　再次承受
因我只剩下那唯一僅存的皮囊
還要我怎樣

恍然

回頭看 恍然
彷彿一切是假象
再一次墜落
無底深洞

窒息

像極了真空

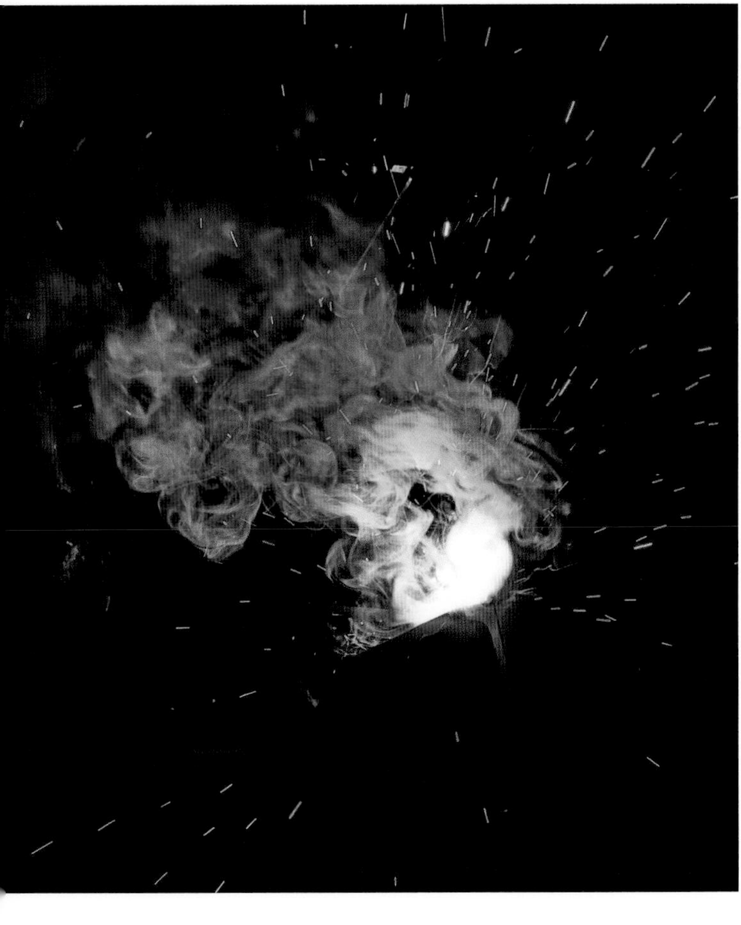

我沒有氣力與心神
再被這世界玩弄

美麗的糾纏

揣想該不該戀上你
因為怕焚傷了自我
經過了長夜
我做了無言的宣言
我誓言與你
再一次
美麗的糾纏

不管風浪
不管世界的眼光
就這樣

想逃

就讓這一切停在這裡
是好還是不好
不重要

人生最掙扎的是
活也活不好
死也死不了
像那火種般燃燒

真想成為那野火

燒盡所有塵埃
燒盡所有曠野
燒盡一切由來
剩下灰燼

不再來

問蒼天為何總是玩弄我

我玩不起
我沒有那般勇氣
我不過是外表看似堅毅
內心柔弱宛如危牆
下一秒我會碎會倒
碎的是對這世界的信心
唉 無法收拾這裡的所有
好想逃

書書兮雅敘其美
瑀瑀之隅綺思麗
心動怦然澎湃糾
海濤疊映悱惻纏

國家圖書館出版品預行編目資料

美麗的糾纏 / 書瑀 Tiffany 著. -- 初版. -- 臺北市：商訊文化，2019.12
面；　公分. --（商訊叢書；YS09937）

ISBN　978-986-5812-86-7（精裝）

863.51　　108020496

商訊文化
商訊叢書系列｜YS09937

美麗的糾纏

作　　者／書瑀 Tiffany
攝影影音／曾宏銘 Frank
出版總監／張慧玲
編製統籌／翁雅蓁
責任編輯／翁雅蓁
封面設計／黃祉菱
內頁設計／唯翔工作室
校　　對／翁雅蓁、書瑀

出 版 者／商訊文化事業股份有限公司
董 事 長／李玉生
總 經 理／李世偉
發行行銷／胡元玉
地　　址／臺北市萬華區艋舺大道303號5樓
發行專線／02-2308-7111#5739
傳　　真／02-2308-4608

總 銷 商／時報文化出版企業股份有限公司
地　　址／桃園縣龜山鄉萬壽路二段351號
電　　話／02-2306-6842
讀者服務專線／0800-231-705
時報悅讀網／http://www.readingtimes.com.tw
印　　刷／宗祐印刷有限公司

出版日期／2019年12月　初版一刷
定　　價：新臺幣350元